나태주, 시간의 쉼표
소장판

나태주 시인이
당신의 하루에 건네는
휴식 한 조각

나태주,
시간의 쉼표

나태주 쓰고 그림   소장판

서울문화사

시간 선물을
드립니다

'피는 물보다 진하다'란 말이 있습니다. 혈연의 소중함을 강
조하는 말이지요. 이 말에 기초하여 나는 이런 말을 한 적이
있습니다. '물보다 진한 것은 피이고 피보다 진한 것은 시간
이다.'

그렇습니다. 함께 오래 산 사람, 오랫동안 알고 지낸 사람
의 소중성을 강조하기 위해서 지어낸 문장이고 시간의 소중
성을 밝히기 위해서 하는 말입니다.

이 세상에서 가장 막강하고도 무서운 명령자는 시간입니
다. 시간이 오라고 하면 와야 하고 가라고 하면 가야 합니다.
오직 시간만이 강자이고 관건이며 해결사입니다.

문제는 그 시간을 어떻게 하면 제대로 잘 써먹느냐에 그
초점이 있습니다. 부디 시간을 아끼고 좋은 곳에 써먹어야
할 일입니다. 그러기 위해서는 지혜가 필요하지요.

무엇보다도 쉬는 지혜가 필요합니다. 보다 밀도 있게 시간을 사용하려면 휴식이 필요합니다. 휴식을 통해 보다 유용한 시간의 활용을 이끌어야 합니다.

휴식은 결코 낭비가 아닙니다. 다음에 와야 하는 정밀한 시간 운영을 위해 필요불가결한 전제 조건입니다. 부디 그대 시간에 지배당하지 말고 시간을 이기고 지배하는 사람이 되시기 바랍니다.

가장 아름다운 시간, 싱싱한 시간을 당신에게 선물로 드립니다. 그것도 1년치의 시간 선물입니다. 시간 앞에서 기죽지 말고 시간과 동행하며 하루하루 승리하는 당신이 되기를 축원합니다.

2021년 새봄에
나혁주 씁니다

차례

머리글

쉼표 하나 ... 009

쉼표 둘 ... 103

쉼표 셋 ... 197

쉼표 넷 ... 291

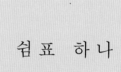

쉼표 하나

이제는 풀꽃만 풀꽃이 아니다
사랑스런 것, 조그만 것
예쁜 것들은 모두가 풀꽃이다.

처음 보는 꽃이 피어난다
눈부시다 향기 진동.

눈 내려 쌓인 날 아침
아무도 찾지 않은 순백의 산보로
숱한 소나무 잣나무들의 절명 앞에
사람인 나도 잠시 경건해지다.

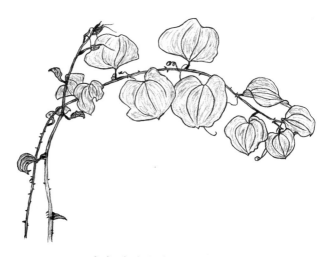

그래서 새해부터는 둥그렇게 부드럽게
말부터 글부터 얼굴 표정이며 마음속 생각과
행동에 이르기까지 부드럽고 둥글게.

아름다우셔라 곱기도 하셔라
봉숭아꽃보다 동백꽃보다
붉은 마음이여.

세상에 와 그대를 만난 건
내게 얼마나 행운이었나
그대 생각 내게 머물므로
나의 세상은 빛나는 세상이 됩니다.

네가 너이기 때문에
소중한 것이고 아름다운 것이고 사랑스런 것이고
가득한 것이다
꽃이여, 오래 그렇게 있거라.

눈이 내리는 날은
눈이 새하얗게 내려서
세상을 지우고
사람들 마음까지 지우려 드는 날은
지금은 세상에 없는
어리신 누님이 보고파라.

이 햇빛 속에는 1년을 잘 버텨낼
끈기와 용기와 인내가
담겨 있으리니
어딘가 눈과 얼음 밑에서
일어서는 여리고도 사랑스런 초록빛
새싹이 숨 쉬고 있으리니.

날마다 아침이면 이 세상 첫날처럼
날마다 저녁이면 이 세상 마지막 날처럼
당신도 그렇게, 그렇게.

좋아하는 사람이 살고 있기에
낯선 고장도 낯익은 고장이 되고
먼 나라도 가까운 나라가 되곤 합니다.

그리하여 사랑은 둘이서만 알고 있는
이야기가 생겨난다는 것입니다

다른 사람들에게 들키고 싶지 않은
비밀이 하나씩 싹튼다는 것입니다.

어디만큼 갔느냐?
어디만큼 가서 꽃이 됐느냐?

바람도 돌아와 둥지를 틀고
물소리 새소리에 귀를 모은다.

좋아요
좋다고 하니까 나도 좋다.

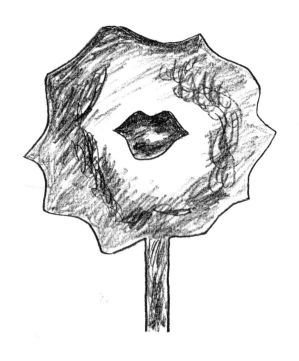

그런 소리 하나에도 가슴속에선
밤마다 새빨간 동백꽃 한 송이씩
혼자 폈다가 지곤 했었다.

눈 내린 날 아침
혼자 울려보는 오르골 소리
오래 잊었던 옛사람의 향기.

하루하루의 날들은 이렇게 누더기처럼 볼품없고
구차스럽기조차 하다만
돌이켜보아 이보다 더 소중스러운 일이 또 없음을
뒤늦게라도 알게 되어 여간 기쁘지 않다.

우리에겐 이제 사랑할 일밖엔
아무 것도 남지 않았다.

봄이여 어서 오라 꽃이여 피어나라
마음에 꽃 있어야 꽃인 줄 안다는데
그 매화 화들짝 놀라 피어나기 기다려.

해가 떠올랐는데도 쉽사리 잠에서 깨어나지 못하는
철부지 아침안개다.

그런 밤엔 저수지도 은빛
여우 울음소리도 은빛
사람의 마음도 분명 은빛
한가지였을 것이다.

언제나 좋은 벗

당신의 향기가
나를 살립니다.

다만 허공에 어여쁜
피멍 하나 걸렸을 뿐이다.

땅바닥이 부드러운 품을 열어
안아주고
햇빛은 또 쓸쓸한 이불을 꺼내어
그들을 덮어주었다.

언제나 거기 산이 있었다
아니, 산처럼 사람이 있었다
가끔은 새도 울었다.

모처럼 흐벅진 눈을 쓸면서
마음속의 길이 좀 더
헐거워졌다는 생각을 해본다.

언제까지고 거기 너 그렇게
웃고만 있거라
예뻐 있거라.

하늘이 되고 싶은 산
바위가 되고 싶은 집
꽃이 되고 싶은 한 아이
눈부신 하늘 미소.

살아서 숨 쉴 수 있음에 감사
너를 만날 수 있음에 감사
목소리 들을 수 있음에 또다시 감사
사랑할 수 있음에 더욱 감사.

조그만 소리로 중얼거릴 때
메마른 대숲 머리 겨울의
짧은 해가 기울고 있었다.

그래도 너 가다가 어둔 밤 별을 보거든
별 아래 아직도 너를 생각하는
내 마음을 생각해다오.

하늘 아래 내가 받은
가장 커다란 선물은
오늘입니다.

꽃들이 웃고 있어요
우리 둘이 눈으로 말하고
이야기하고 있는 것.

이월에 오는 눈은
노래하듯 내리는 눈이다

새하얗게 붓끝으로
문지르고 문질러도 문질러지지 않는
미루나무
둑길 위에 미루나무.

안개가 짙은들 산까지 지울 수야
어둠이 깊은들 오는 아침까지 막을 수야
안개와 어둠 속을 꿰뚫는 물소리, 새소리,
비바람 설친들 피는 꽃까지 막을 수야.

줄 사람도 만만치 않으면서
예쁜 물건만 보면 자꾸만
사고 싶어지는 마음.

그 길을 따라 새소리며
앉은뱅이꽃 냉이풀꽃서껀
무릎걸음으로 다가와 앉고
이슬의 깃발을 든 각시풀들도
마중 나오고.

당신 목소리가 나에게는 삶의 환희예요
산속에 숨어 흐르는 맑은 시냇물 소리예요
때로는 보고 싶어 가슴이 타오르는
그리움의 뭉게구름이기도 하구요.

오늘 내가 너에게 주는 마음은
그 하나 가운데 오직 하나
부디 아무 데나 함부로
버리지는 말아다오.

반쯤 비어 있는 찻잔에
흰 구름을 가득 부어
마시면 어떨까?

더 많이 비어 있는 찻잔에
새소리며 바람소리를 채워
마시면 어떨까?

꽃이 피고 새잎 나는 날
마음아 너도 거기서
꽃 피우고 새잎 내면서
놀고 있거라.

이보게 친구
자네도 무던히
망설이고 있네 그려.

내 비록 아무 말 하지 않아도
그대 내 마음 짐작하고
그대 비록 입 열어 말 이루지 않아도
나 그대 마음 이미 알고도 남지요.

그대 떠난 날
무찔레 열매 익어
마음만 붉다.

어젯밤 꿈에 당신을 생각하며 혼자서 부르고
부른 노래입니다
하늘 멀리 멀리까지 그 노래 올라가서 별이 되
기를 소망합니다.

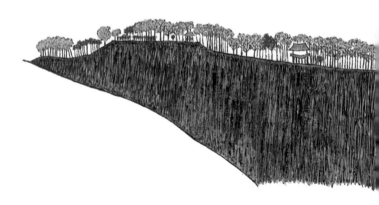

세상에는 그 무엇도 그냥 아무렇게나
이루어지는 것은 없는 법
그렇다면 이만큼 알고 가는 것도
다행한 일 아니겠나!

기웃대는 햇살 두어 가닥

쿨룩 쿨룩

바람도 기침이 잦다.

햇빛 고우면 가슴 울렁였고
바람 맑으면 발길 서성였다
누군가 한 사람 먼 곳에서
기다려 줄 것만 같아서.

둥그런 그루터기로만 남아 있을 뿐인 저것은
나무의 일이 아니다
나의 일이고 당신의 일이다.

특별히 드릴 얘기가 별로 없네요.

밥을 지어 놓고 뜸이 들기를
기다리는 잠시
네가 숙였던 고개
다시 들기를 기다리는
그 잠시

그냥 좋다.

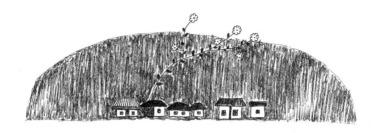

오가는 말 속에 꽃은
눈처럼 날리고
눈은 또 꽃처럼 날린다.

보아라, 두둥실 하늘에
배를 깔고 떠가는 저기 저 흰 구름!

너에 대한 생각 하나 오직 활로가 되었다.

네가 살고 있는 한 지구는
따뜻하고 푸르고 꽃이 피어나는
생명의 별

바람 부는 지구 위에 흔들리는
너는 붉은 꽃 한 송이.

네가 만약 내 마음속
파랑새라면
이젠 가거라
가서 넓은 세상 살아라

봄이 멀지 않았다.

화분에 물을 많이 주면 꽃이 시들고
사랑도 지치면 사람이 떠난다

말로는 그리 하면서.

네 옆에 잠시 이렇게 숨을 쉬는 순한 짐승으로 나는 오늘
충분히 행복해지고 편안해지기로 한다.

탁!
터지는 매화
몇 송이

흐린 정신을
깨운다.

대책 없는 그리움이여 그리움의 아우인 외로움이여
설산 까마귀도 쪼아 먹지 못할 만큼 늙어버린 비애여

그것부터 날마다 내어다 버려야만 했다.

어차피 어차피
삼월은 오는구나
오고야 마는구나
이월을 이기고
추위와 가난한 마음을 이기고
넓은 마음이 돌아오는구나.

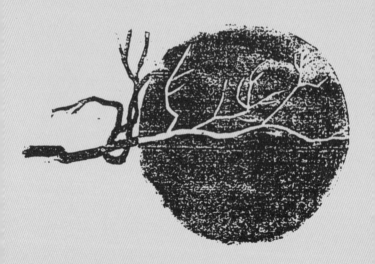

나무마다 향내 나고
풀잎마다 별의 몸 내음
스몄다.

눈이라도 삼월에 오는 눈은
오면서 물이 되는 눈이다
어린 가지에
어린 뿌리에
눈물이 되어 젖는 눈이다.

자다가 깨어난 아이처럼
세상은 배시시 눈을 뜨고
나를 향해 웃음 지어 보인다

세상도 눈이 부신가 보다.

적막도 하나의
복락이 아니겠냐고
일몰시간이 되어서야 입 속으로
조그맣게 중얼거려보았다.

마음을 보여줄 수 없어
시를 보여주고
여러 날

마음을 다 줄 수 없어
선물을 고른다
오래오래.

밤하늘의 별들은 이름을 얻지 못하고서도
저들 혼자만의 빛으로 반짝이고 있었다.

잘 있노라니
그것만 고마웠다.

바위는 부서져 모래가 되는데
사람의 마음은 부서져 무엇이 되나?

속일 수 없다

오만함과
그윽함

어여쁨까지.

당신에게서는
이름 모를
풀꽃 향기가
번지곤 했습니다
그럴 때마다 나는
당신도 모르게
눈을 감곤 했지요.

소나무 터져 나온 새하얀 생살
눈부신 아침 햇살에
희고도 곱다
잠든 언덕도 솔향기에 부스스
눈을 뜨고 몸을 흔든다.

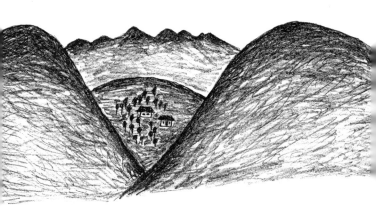

어쩌면 나의 노래를 실은 종이배 당신의 하늘
에서도 보일지 모르니까요
당신의 별빛 속에서도 내 노래 소리 들릴지 모
르니까요.

바로 말해요 망설이지 말아요
내일 아침이 아니에요 지금이에요
바로 말해요 시간이 없어요

사랑한다고 말해요
좋았다고 말해요
보고 싶었다고 말해요.

믿어봐 믿어줘봐 네 자신 안에 있는 너를 네가
먼저 믿어줘봐
모든 일이 잘될 거야 좋아질 거야.

멀리 사는 얼굴 모르는 사람조차 보고 싶은 날
다만 그뿐이야.

삐딱한 꽃가지가 비로소 편안해진다
이쪽의 마음도 따라서 편안해진다.

연둣빛 눈을 가진 첫날
바람이 창가에 찾아와 이야기하자고 조른다.

너무 멀리까지는 가지 말아라
사랑아.

봄이 와
다만 그저 봄이 와
파르르 떨고 있는
뽀오얀 봄맞이꽃
살아 있어 좋으냐?
그래, 나도 좋다.

아무 것도 떠오르는 것이 없다.

묵은 나무둥치에 꽃이 피고 새잎 돋듯
내 몸뚱어리에서도 꽃이 피고
새잎이 돋을라나!

부디 돌아가 꽃 한 송이 만났노라
떠들지 말 일이다
어여쁜 사람 다시 보았노라
소문내지 말 일이다.

오늘은 전화를 다 주셨군요
배꽃 필 때 배꽃 보러
멀리 한 번 길 떠나겠습니다.

인간은 평등

인생 계급장 떼고

리콜된 제품.

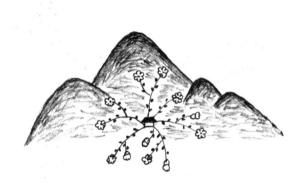

어디선 듯 문득 새로 돋는
달래 내음 애기 쑥 내음이라도 조금
번질 것 같지 않습니까?

오직 이 한 사람으로
나의 마지막 하늘이 밝겠습니다
따뜻하겠습니다

오직 우정이란 이름으로.

그런 날이면 하늘에
새 한 마리 떠 있었다.

찬바람이 불 때부터 기다렸어요
눈이 내리고 얼음이 얼 때부터
가슴에 품었어요.

눈이 부신 듯 조금 눈썹을 찌푸리면서
껍질 벗긴 양파냄새도 조금 풍기면서
옷 벗고 으스스 속살이 떨리기도 하면서
서툴게 왔다가 서둘러 떠나는 사람이 있다.

시간이 지나고 날이 가면 내 앞에 있던 좋은 사람도
떠나가 빈자리 될 것을 미리 알기에 더욱 그렇다.

쉼 표 둘

밤새워 당신
생각하고 일어난 아침
문 열고 나와 보니 꽃이 폈어요.

올해도 만났군요 꽃이 되어 오셨군요
소식 없이 왔다가 자취 없이 가는 당신
나 또한 당신 앞에선 꽃으로 지고 싶어.

도대체 새들에겐
무슨 일이 있었고
물고기들에겐 무슨 일이
생겼던 것일까!

하늘에서 또 물속에서.

너무 자세히 알려고 하지 마시게
굳이 이해하려 하지 마시게
그것은 상징일 수도 있고
던져진 느낌일 수도 있고
느낌 그 자체, 분위기일 수도 있네.

북한산 높은 봉우리도 이마 끄득여
빙그레 웃으시는 게 썩 잘
건너다 보이는 서울 어느
맑은 날.

봄마다 이렇게 서러운 것은
아직도 내가 살아 있는
목숨이라서 그렇다는 것을
햇빛이 너무 부시고 새소리가
너무 고와서 그렇다는 걸 알게 됩니다.

미끄러운 신발 바닥에
두엄냄새 닭똥구린내가 미끄러지고
산수유 복수초 영춘화 민들레
드디어 샛노란 냄새까지 깔려서
짓이겨진다 해도 너무
안쓰러워 가슴 아파할 일은 아니리.

신부가 되었다가 튀밥이 되었다가
흰 눈이 되었다가 흰나비 되었다가
에라 모르겠다 네 마음대로 되거라.

몸부림치듯, 몸부림치듯
해마다 오는 봄이 그러하다
내게 오는 네가 그렇다.

황사바람 속 흐린 하늘 아래
서둘러 꽃들은 또 한 번 까무러칠 듯 피었다 지고
신록은 덧칠로 어우러지기 시작하는데.

민들레는 또 한 차례의 생애를
서둘러 완성하고
바람결에 울음을 멀리
멀리까지 날려 보내고 있었다

따스한 봄날 하루.

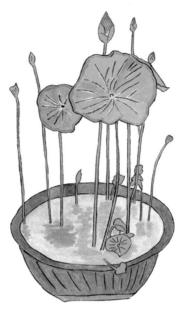

하늘 나는 새는
언제나 배불리
먹이를 쪼지 아니하고
먹을 것이 있어도 얼마큼은
먹을 배를 남겨두는 법이라고.

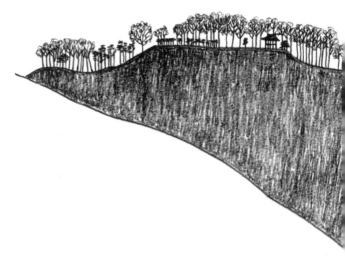

꽃의 꿀을 빨 때보다는
바람 속에 날개 하느적이며
날고 있을 때
그 조그맣고 어여쁜 날개 몇 장으로
드넓은 하늘을 펼쳤다
접었다 그러할 때.

가깝지 않지요
아주 멀리 그대 살고 있기에
오늘도 나 이렇게 싱싱한 풀입니다

숨소리 들리지 않지요
아스라이 그대 숨소리 향기롭기에
오늘도 나 이렇게 한 송이 꽃입니다.

너의 얼굴 바라봄이 반가움이다
너의 목소리 들음이 고마움이다
너의 눈빛 스침이 끝내 기쁨이다.

너무 오래 쥐고 있어
팔이 아픈 아이가
풍선 줄을 놓아버리듯

나뭇가지가 힘겹게
잡고 있던 꽃잎을 그만
바람결에 주어버리다.

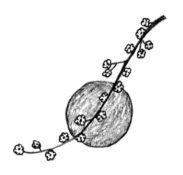

배꽃 질 땐 미쳤지요 나무 아래 미쳤지요
한잔 술에 취한 그대 헤어지자 울먹이고
달밤에 눈인 양 배꽃 흩날리던 달밤에.

오늘도 그대는 멀리 있다

이제 지구 전체가 그대 몸이고 맘이다.

사람아,
내가 너를 두고
꿈꾸는 이거, 눈물겨워하는 이거, 모두는
네게로 가는 여러 방법 가운데
한 방법쯤인 것이다
숲속의 한 샛길인 셈인 것이다.

당신이 이제는 꽃으로 피어나실 차례입니다
가장 아름다운 우리의 꽃으로 오실 차례입니다.

세월 간다고 모든 나무들의 몸통이 굵어지는
건 아니다
어떤 나무는 세월이 가도 몸통이 굵어지지 않
는 나무도 있으니까.

스타가 되고 싶은 딸아,
어두워지는 밤이 오면 하늘을 보거라
거기, 아빠가 너를 내려다보고 있을 것이다.

무슨 일이 일어나긴
일어난 모양이에요
그렇지 않고선 이렇게
가슴이 울렁거릴 까닭이 없어요.

살아도 살아도 모르는 것 천지
읽어도 읽어도 산더미같이 쌓이는 책들
아, 만나도 만나도 정다운 사람들
이 무진장, 무진장의 재미.

나무한테 속상한 얼굴을 보여주지 마세요
나무한테 어두운 목소리로 투정하지 마세요
그건 나무한테 하는 예의가 아니랍니다.

주황빛 햇살인 양 눈이 부셨다
민들레 꽃씬 양 흩어지고 있었다.

겨울과 여름 사이 어디쯤
이상한 어지럼증이거나 소용돌이
아지 못할 꽃빛깔이거나
맴돌고 있는 새소리.

다만 아침과 저녁 사이
환한 햇빛이 조금 비치고
맑은 바람이 조금 흐르고
새소리 몇 소절 던져졌을 따름.

일단 파산 신고를 하고
망해버린 인생이다
천신만고 기회가 주어져
다시 시작하는 게임이다.

너는 깜장이 되거라
하양이 되거라
나는 그 나머지가 되마.

기죽지 말고 살아봐
꽃 피워봐
참 좋아.

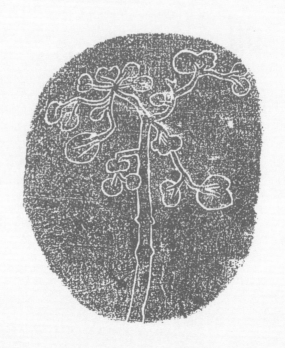

무엇보다도 먼저 이 지구가 나에게 가장 큰 선물이고
지구에 와서 만난 당신,
당신이 우선적으로 가장 좋으신 선물입니다.

사랑 없는 사람도
사랑을 하고 싶어 하고
한 번도 가보지 못한 나라
낯선 풍경을 보여주는 달.

향기 없음이 오히려 향기로와라
사람 없는 곳에 숨어서 울며
생면부지의 사람들 틈에 묻혀서 산다
끝끝내 아무한테도 들키지 않은 돌멩이 하나.

자세히 보아야
예쁘다

오래 보아야
사랑스럽다

너도 그렇다.

별 보면 설레는 마음
너 혼자만 갖지 말고
나한테도 좀 나누어주렴.

다시 한 번만 사랑하고
다시 한 번만 죄를 짓고
다시 한 번만 용서를 받자

그래서 봄이다.

내가 당신한테 꽃인 줄 알았더니
당신이 내게 오히려 꽃이었군요.

쉬이 잠들지 못하리

꽃이 피어 바위에서도
향내가 날 것 같은 밤.

그래서 쇠별꽃은 그냥
쇠별꽃일 수 없고
앉은뱅이꽃 또한 그냥
앉은뱅이꽃일 수만은 없다.

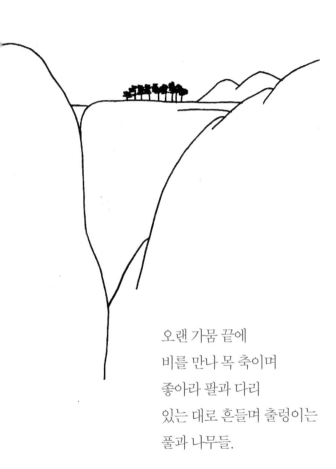

오랜 가뭄 끝에
비를 만나 목 축이며
좋아라 팔과 다리
있는 대로 흔들며 출렁이는
풀과 나무들.

슬픔에 손목 잡혀 멀리
멀리까지 갔다가
돌아온 그대

오늘은 문득 하늘
쪽빛 입술 붓꽃 되어
떨고 있음을 본다.

만나기는 한나절이었지만
잊기에는 평생도 모자랐다.

맨날 흐린 하늘이라
불평했건만
오늘따라 개인 하늘
구름도 옷을 벗었다

구름은 희다.

그렇다!
될수록 변함없는 당신의 웃음을 보여라
여전히 그 자리 지키고 사는
변함없이 편안한 소식을 전하라.

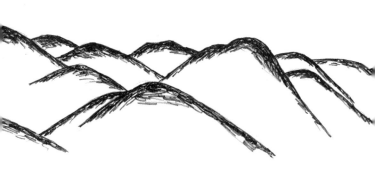

마음을 보냈으나
끝내 돌아오지 않았다
물소리 바람소리 몇 가닥
물새 두어 마리 돌아와 또
우짖었을 뿐이다.

바람과 먼지 속에 또 한 차례
봄이 그렇게 꼬리를 감추고 있었다

비는 내리고 살구꽃 지고 새는 울고.

그리하여 풍경이 우리를 한 가족으로 받아줄 때
비로소 우리는 사람다운 사람이 되고
편안하게 숨도 쉴 수 있게 되는 것이다.

다시 건너다보았을 때
그는 보이지 않고 다만
바람과 구름이 그의 모습
윤곽만을 고요히
떠받들고 있었다.

이윽고 날이 저물고 방 안이 어두워졌지만
마음은 여전히 환하고 따스하다
다만 한 지붕 아래 한 솥에서 지은 밥상 위에
때로는 한 이불 속에.

눈물이나 슬픈 생각보단
아름다운 노래를 들려주어요.

뚝, 뚝, 뚝,
그건 누군가의 붉은 울음
붉은 영혼.

끝내는 잊어야 할 사람
서둘러 잊기 위해 꽃을 던져라.

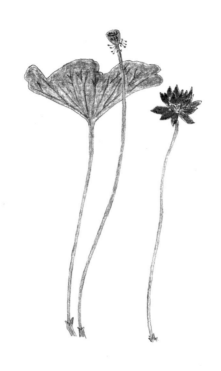

그래도 반짝이는 순간순간의 생이 고맙지 않겠냐고
하루에도 몇 번씩 중얼거려보았습니다.

생강 꽃 더욱 노랗다
꽃이 옹알이 할 것만 같다.

밥은 또 하나의 집이다.

어린 강아지풀과
노랑 씀바귀꽃과 분홍빛 패랭이꽃이
그렇다고, 그건 그렇다고
고개를 끄덕여주고 있었다.

허, 물건들이사 버리거나
태워버리면 되겠지만
주인 없이 떠돌 마음들은
누가 거두어주나!

절간의 연못에 헤엄치는 물고기
살이 너무 쪄서 슬프다
커다란 몸뚱아리 흔들며 먹이 달라
입 벌리는 탐욕이 너무 커서 슬프다.

그대 부디 지금, 인생한테
휴가를 얻어 들판에서 풀꽃과
즐겁게 놀고 있는 중이라 생각해보시라.

하고 싶은 일을 하니 좋고
하고 싶지 않은 일을 하지 않으니
더욱 좋다.

꽃들이 웃고 있다
바람이 간지럼
먹이다 갔나 보다.

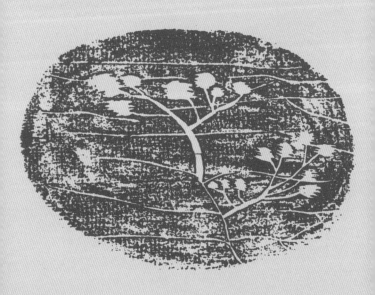

이리도 맑고 고우신 날
하는 일 없이 놀기만 한다면
아무래도 하느님한테
꾸중 들을 일이구말구.

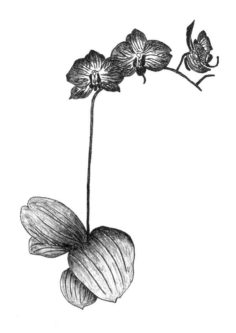

밖으로 타오르기보담은 안으로
끓어오르기를 꿈꾸고 열망했지만
번번이 핏물이 번진 손수건, 패랭이꽃 빛
치사한 게 정이란다 눈 감은 게 마음이란다.

그래요, 우리 멀리 떨어져 살면서도
오래 헤어져 살면서도 스스로
행복해지기로 해요
그게 오늘의 약속이에요.

만나지 못했을 땐 보고 싶어 힘들었고
만나서는 언제든지 짧은 시간 아쉽더니
이제는 다시 새처럼 떠난다니 어쩌나!

유월은
장미 가지 사이로 내리는 빗방울처럼
화안한 네 웃음 빛깔을 보여주셔요.

바람이 지나가고
풀꽃 향기가 스쳐가고
흰구름이 흘러가고……
그러나 끝내 아무런 일도
일어나지 않았다.

세상은 아직도 징글징글하도록 좋은 곳이란다.

물총새 물총새 물을 차고 올라
날개 더욱 파래지는 둔덕에
바람도 살금살금 기어와
허물 벗는 저녁때.

살아가다가 땀 흘리며 가쁜 숨
몰아쉬며 살아가다가
더러는 무릎 꺾고 주저앉아
마음속 고즈넉한
섬이라도 한 채 찾아낼 일입니다.

나의 마음과
나의 기도가 만나 더욱
빛나는 별이 되었다

밤하늘에
눈물 머금은
별 한 점.

머리 위에서 새들은 지절거린다
색종이 잘게 썰어 바람에 날리우듯
소리의 갈채를 무차별
쏟아붓는다.

대답은 간단해요
내가 당신 사랑하고 있기 때문이에요
내가 당신 사랑하는 것 당신도
알고 있기 때문이에요.

바람이 하루 종일 숲속의 나뭇잎을 흔들며 놀다 가도
숲속에는 아무런 흔적도 남지 않듯이.

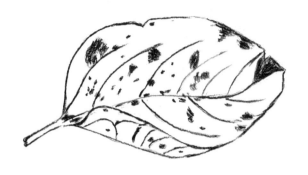

우리네 인생살이란 것도 시시하고 재미없기
는 마찬가지. 그러나 구슬프고 눈물나는 것이
인생살이란 것이겠구나. 요즘 나도 그것을 조
금씩 알아가지 싶다.

혼자서도 오늘은 오래도록 당신을
사랑해서 억울하지 않겠습니다.

높은 산 맑은 물
어푸러져 왈칵
울고 싶은 초록이라!

새들 몇 마리 물속 세상에 빠르게 빗금을 긋습니다
그 뒤로 웃고 있는 얼굴 하나 살그머니 다가와
이쪽을 바라봅니다
바로 당신이군요.

흰 구름 보며 공기에게도
말을 걸어본다
미안하다 미안해
내가 너무 오래 사람인 거 아니니?

길거리나 사람들 사이에
버려진 채 빛나는
마음의 보석들.

때로는 억울한 마음 미안한 마음
나무한테 바람한테 맡겨버리고
돌아오는 가벼운 어깨 호숩은 발길
있는 듯 없는 듯 감자 꽃이 웃고 있었다.

웃어도 웃고 울어도 웃고 입을 다물어도 웃고
입을 벌려도 웃고 앉아서도 웃고 서서도 웃고
누워서도 웃기만 하는 너! 숨이 넘어가면서도
웃을 너! 아주 많은 너! 결국은 나!

들판 가득 꽃들은 피어서 붉고
하늘가로 스치는 새들도 본다.

온몸에 초록색 물감이 든다. 드디어 나는 한
마리 초록의 벌레가 되어 나무 이파리 위를 기
어간다. 이제 나무 이파리는 드넓은 벌판이다.
더듬이를 세워 허공을 휘저어본다. 모처럼 맑
은 하늘이시다.

바람

아, 나도 숨을 쉬기 시작했어요.

사실은 그대 만나러 갔지만 번번이
그대 웃는 얼굴 보지 못하고
연꽃만 보고 왔지요.

장미 한 송이 꺾어 지구의 머리 위에 얹어본다
지구가 빙그레 웃음짓는다.

너는 별빛 너머 빛나는 별
꽃송이 속에 웃고 있는 꽃

더는 꿈꾸지 않아도 좋겠다.

내가 그리운 마음일 때
저도 그리운 마음이리
별을 보며 생각한다.

너는 그 어떤 세상의
꽃보다도 예쁜 꽃이다
너의 음성은 그 어떤 세상의
새소리보다도 고운 음악이다.

쉼표 셋

백합꽃 향기 너무 진하여 저녁때
대문이 절로 열렸네.

소낙비 함께 옷과 신발에 묻어온
숲속의 바람과 새소리

그것도 소중한 나의 하루
나의 인생이었으니까요.

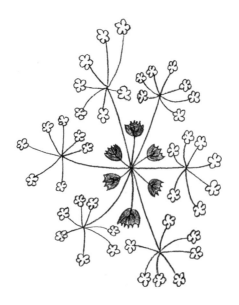

가질 수 있어도
갖지 않는 것이 정말로
갖지 않는 것이다.

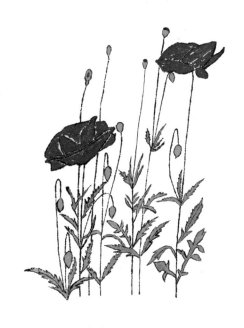

당신 생각으로
오늘 기쁘지요

그 말 참
듣기 좋아요.

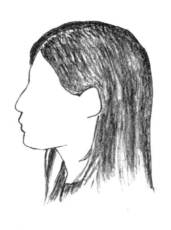

활짝 핀 꽃나무 아래서
우리는 만나서 웃었다
눈이 꽃잎이었고
이마가 꽃잎이었고
입술이 꽃잎이었다.

맑은 날은 먼 곳이 잘 보이고
흐린 날은 기적 소리가 잘 들렸다

하지만 나는 어떤 날에도
너 하나만 보고 싶었다.

풀잎의 눈과
이슬의 입술을 가진 사람
바람의 숨결과
구름의 마음을 간직한 사람.

외로워할 것이 없는데 외로워하고
슬퍼할 것이 없는데 슬퍼하는 것이 사랑이다
끝내 사랑할 필요가 없는데 사랑하는 것이 사랑이다.

아이들은 제 마음속 징검다리가
끝난 곳쯤에서 징검다리를
새로 더 놓으며 멀리 아주
멀리까지 가기도 할 것이다.

세월이 흘러가고 세상물정 바뀐대도
쉽사리 변치 않는 한 사람 있다는 건
오로지 그것만으로 소중한 일 아니리.

나에게 새로운 길은 언제나
누군가에게서 버림받은
풀덤불에 묻힌 낡은 길이다.

누군가 죽어서
밥이다

더 많이 죽어서
반찬이다

잘 살아야겠다.

세상에 소중한 건 모두가 오직 하나
하늘에 해와 달도 지구도 오직 하나.

바람이 불면 바람 불어서 슬프고
햇빛 고우면 햇빛 고와서 외로운
나는 쓸쓸한 서정시인.

다만 맨드라미 꽃빛으로 물든 서녘하늘
얼굴 없는 사람이 손을 흔들었다.

새벽잠 깨어 혼자 하늘을 바라보는
누군가의 별빛도 되겠지요
사랑하는 마음 찾아가려 하지 마세요.

무궁화 꽃이 피었군요

장미꽃이 핀 줄은 이미 알고 있었지만.

나는 지금 누군가 한 사람의 다정한
위로의 말이 필요하다.

이 숲속에서 나는 지금 아무 곳으로든
갈 수도 있고 가지 않을 수도 있다.

바람아 나를 흔들어다오
나도 예쁜 나뭇잎처럼
예쁜 하나의 손이 되고 싶다.

밤이 참 많다.

아침에 어떤 새들이 지절거렸는지
점심때 바람이 무어라 속삭였는지
나는 너희들이 무척이나 부러울 때가 있단다.

끝내 마음이 있는 곳까지만
함께 가자
오늘 바로 그랬다.

너를 생각하면 나는
오만가지 마음으로 변하고
너를 만나면 다시
오만가지 변덕을 부리곤 한다.

나의 시가 때로 어둑한 표정인 것은
우주가 또 어둑한 표정인 탓입니다.

또다시 사랑은 무엇일까?
아무리 생각해보아도 그것은
얼만큼 거리를 두고 바라다보는 것.

얼음과 사막의 세상
그것도 지구 끝장 무렵에
너는 나에게 찾아온 얼음의 꽃
그리고 불의 꽃

그 꽃에 감사하고 감격한다.

덥다, 덥다
이 말도
살아있다는 증거

추워요, 추워요
이 말씀도
고마운 말씀.

가진 것 가운데서도 될수록 많이 덜어낼 것
남한테 받는 것보다는 주기에 힘쓸 것.

더는 참을 수 없다
이제는 먹을 갈아야지.

이름을 알고 나면 이웃이 되고
색깔을 알고 나면 친구가 되고
모양까지 알고 나면 연인이 된다
아, 이것은 비밀.

어제는 너를 보고 조약돌이라고 말하고
오늘은 너를 보고 호수라고 말했다.

구름 높이, 높이 떴다
하늘 한 가슴에 새하얀
궁전이 솟았다.

당신 가까이 갈 수 없어
나는 하루에 한 차례씩
지구를 쓰다듬어요
너무 멀리 있어 차라리
지구가 당신 대신이에요.

땅 위에도
좋은 길을 가는 사람이 있다
제가 살아야 할 삶이
어떤 삶인지 아는 사람,
초록의 길이다.

오늘 내가 너에게
주는 마음은 잘람잘람
그렇지만 넘치지 않게.

그대 얼굴 위에
한 조각 흐린 노을빛
미소가 남아 있을 때까지만
여기 앉아 있겠습니다.

키 낮은 담장 너머
휘휘휘휘 키가 큰
어둠이 기웃대는 여름이라도
늦여름의 땅거미.

저녁노을 붉은 하늘 누군가 할퀸 자국
하느님 나라에도 얼굴 붉힐 일 있는지요?
슬픈 일 속상한 일 하 그리 많은지요?
나 사는 세상엔 답답한 일 많고 많기에…….

날마다 봐도 좋은 바다
날마다 만나도 정다운 너
바다 같은 사람
참 좋은 내게는 너.

들판은 오늘도
인자하신 어머니다.

네가 예뻐서
지구가 예쁘다

네가 예뻐서
세상이 다 예쁘다.

향기로운 바람이라도 스치는가
목백합나무 푸르고 너른 이파리가
너울거린다.

남의 외로움 사줄 생각은 하지 않고
제 외로움만 사달라 조른다
모두가 외로움의 보따리 장수.

당신이 내 마음속에 들어와 살게 된 것은
얼마나 감사한 일이고 다행스런 일인지요?
그야말로 복 받은 일이지요.

자, 가보자
오늘도 세상 속으로
독립운동하러 떠나보자.

오늘은 모처럼 평안하고 밝은 마음을 전해요
천둥번개 먹구름 후려치고 떠나간 맑고 푸른
하늘을 드려요.

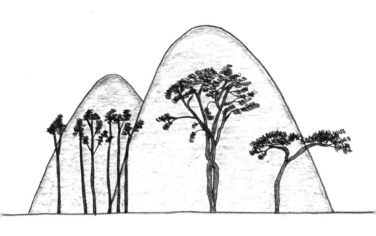

다만 그대의 흐린 별빛

어두운 밤길 헤매는

한 나그네의 발길을 이끌고 그의

고달픔을 달랠 수 있음만 감사하라.

마음이 아파서 여러 번
글씨 쓰는 손이 떨렸습니다.

하늘을 바라보고 눈물 글썽일 때
발밑에 민들레꽃
해맑은 얼굴을 들어 노랗게
웃어주었다.

그러나 정작 당신에게 드리고 싶은 것
눈에 보이는 그 어떤 물건이 아니라
눈에 보이지 않는 내 마음이라는 것을
당신도 이미 아시는 일입니다.

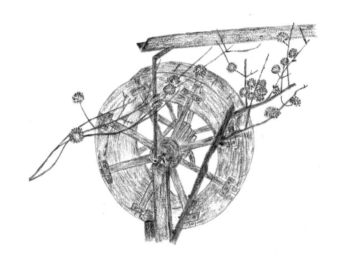

다들 반가워요
잘들 있어줘서 고마워요.

바람 없이도 펄펄 떨어지는 꽃잎은
당신 발밑에 당신 옷섶에 꽃잎의 수를 놓습니다.

구름이 많이 가벼워졌다.

나 하루를 살아도
아름다이 마무리하고 싶음은
오로지 당신 때문입니다.

빨리 온 가을

당신
오마
하기에

호수 물 철렁.

못나서 안쓰럽고
안쓰러워 사랑할 수밖에 없었다
사랑하여 너는 세상에서
가장 예쁜 네가 되었다.

저렇게 많은 별들을 누가
쏟아놓았나?

이른 아침부터
키 큰 미루나무 꼭대기
어린아이 보채듯
매미가 운다
여름이 가려나 보다.

풍경이 그러하듯이
풀잎이 그렇고
나무가 그러하듯이.

혼자서 돌아가는 외로운 지구 위에서
언제나 나는 기다리는 사람
그러나 기다리며 산 시간들
촘촘하고 질기고 아름다웠다고 말하리.

이슬 속에 피어 더욱 눈부셔라
보아도 또 보고 싶어라.

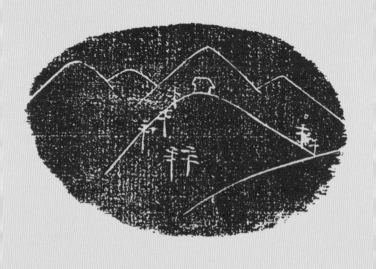

아직도 너를
사랑해서 슬프다.

구름이라도 구월의 흰구름은
미루나무의 강언덕에
노래의 궁전을 짓는 흰구름이다.

때로 사랑은 서로 말이 없이도
서로의 가슴속 말을 마음의 귀로
알아들을 수 있다는 것

그보다 더 좋을 게 없습니다.

매미의 허물
벗을 때 되어간다
서늘한 이마.

외로움은 인간을 병들게 하지만 때로
영혼을 맑고 깨끗하게 만들어주기도 한다.

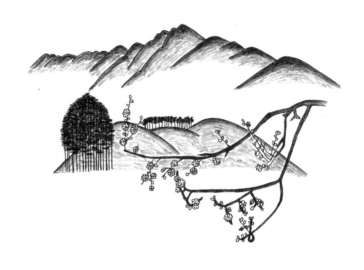

바람에게 묻는다
지금 그곳에는 여전히
꽃이 피었던가 달이 떴던가.

예쁜 너도 나한테는 때 묻지 않음이야
네가 어떤 잘못을 해도 그것은 잘못이 아니고
예쁜 짓 그대로야.

맨드라미 저 붉고도 징그러운
9월, 꽃몽두리 위에
당신 보고 싶어 하는 마음을 꺼내어
살그머니 얹어놓습니다.

여름을 보내기 싫은 마지막
매미 소리가 가늘고도 파란 강물을
멀리까지 흘려보낸다.

세상은 당신에게 드리는
가장 좋으신 선물

당신도 세상한테
좋으신 선물이 되어보구려.

우리는 제각기 서로 다른
별나라에서 떠나온 사람들
늬들도 지구여행 잘 마치고
무사히 돌아가기를 바란다.

이런 날은 하늘 높이높이 올라가
구름 위에서 풍덩
세상 속으로 뛰어내려보고 싶다.

문득 번지는 진한 꽃내음
꽃들도 몸이 잘릴 때 상처를 받을 때
더욱 진한 향내를 내뿜는 거구나
그렇다면 사람은 언제 진한 향기를 내뿜는 걸까?

그리하여 흰구름이 웃음 지으며 날더러
무어라 말을 걸어오는지
미루나무며 버즘나무가 이파리를 반짝이며
무어라 속삭여주는지.

세상이여 당신, 언제나 이쁘거라
세상이여 너, 내일도 부디 젊었거라.

가을 햇빛은 참 위대한 힘을 가졌다
우리나라의 가을 햇빛은 더욱 그렇다.

어쩐지 하늘이 맑고 푸르게 보이기 시작했으므로
그런 뒤로 며칠 지나 가을이
정말 가을이 기적처럼 찾아왔으므로.

내 마음속에 들어와
살고 있는 너는 여전히
예쁘고 귀엽단다.

이만큼이라도 남겨주셨으니
얼마나 좋은가!

지금이라도 다시 시작할 수 있으니
얼마나 더 좋은가!

하늘 아래 내가 받은
가장 커다란 선물은
오늘입니다.

돌아갈 수 없는 아름다운 나라
누구나 한번쯤은 살았던 그 나라
우리는 추억이라 부르네
사랑이라고 부른다네.

혼자 울면서 중얼거리는
정다운 이름들 속에
들릴 듯 말 듯한 나의 이름
건듯 가을 찬바람에
미리 전해 듣는다 하겠네.

어느 집 담장 위엔가
넝쿨콩도 올라와 열렸네
석류도 바깥세상이 궁금한지
고개 내밀고 얼굴 붉혔네.

아주 눕기보다는
비스듬히

등을 기대고 혼자서보다는
두셋이서

난 그런
강아지풀.

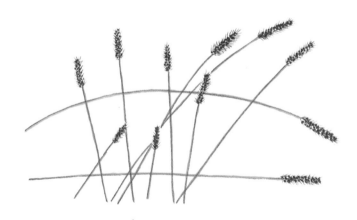

사랑이여, 그대 이제 돌아오지 않아도 좋다.

꽃 보고 싶은 마음
가을에도 죽지 않아서
단풍조차 꽃으로 보이는 날
그날을 기념하여
그대 오셨구려.

노랑 물감이 벌써 많이
풀려 있었다
갈색 물감도 번져 있었다.

햇빛도 햇빛 나름
늦가을 햇빛은 이제
방 안 깊숙이까지 파고들어
대낮에도 으스름한 그늘을 치는데.

별나다, 오늘
구름도 없다
굽은 길 멀리 있다.

가을이시여 오늘은 당신하고라도 마주 앉아
녹차나 따습게 우려 후루룩 후루룩
소리를 만들어 내며 마셔볼까 그러합니다.

쉼 표 넷

신이 허락하신 만큼 오늘 하루치의 사랑과 평안과
따스함과 부드러움을 당신께 전해요.

시월,
강물이 곧바로 보이는 유리창은 너무나 밝고
내 앞에 앉아있는 너는 너무 가깝다.

어렵사리 우리의 첫 번째 가을이 찾아오는 날.
우리는 붉게 익은 감알들을 올려다보며 감나
무 아래 오래도록 서 있어도 좋겠습니다.

오래 살았지만 외로움을 잘 챙겼고
그러므로 따뜻함을 잃지 않은 사람
마주 앉아 마신 향기로운 차가 좋았고
서로 웃으며 나눈 이야기는 더욱 좋았다.

드디어 가을입니다.
모진 더위와 한숨의 강물을 넘어
비로소 이 땅에도 가을입니다.

빈 들판에 나는
바람 부자

부러울 것 없네
가진 것 없어도
가난할 것 없네.

너 오늘 혼자 외롭게
꽃으로 서 있음을 너무
힘들어하지 말아라.

내 마음도 많이, 성글어졌다
빛이여 들어와
조금만 놀다 가시라
바람이여 잠시 살랑살랑
머물다 가시라.

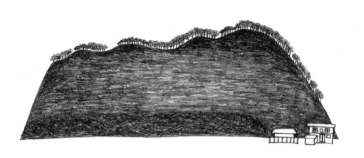

옛날에 옛날에, 여기 사람의 마음이 살았지.
그 마음결 곁에 눈물도 찾아와 반짝이고 더러
는 솜털이 보송보송 귀여운 기쁨들도 따라와
콩당콩당 뛰어 놀았지.

그리다 만 강아지풀들 한사코
울먹이며 매달리는데

저녁놀 눈부셔라
흐려지는 파스텔.

그러나 이러한 사소한
서러움마저 내게 없었다면
이 가을은 또 얼마나 더
적막한 가을이었을까 보냐.

구름의 잔에
음악을 풀어 넣는다

비어 있는 인생이
문득 향기롭다.

당신이 숨 쉬고 있는 지구가 참 푸르고도
아름답습니다.

바람이 불어요
어서, 어서 오세요
방 안으로 들어와
문을 닫아요
떨어진 모란 꽃잎이
뒤따라와요.

오늘 아침은 단풍잎 하나하나가
모두 당신 얼굴이고 당신 모습입니다.

꿈꾼

요 며칠

허둥대며 살았네

흰구름

밟고.

비껴가다가
길 어긋나 반쯤만
얼굴 본 사람.

외로울 때
혼자서 부를 노래 있다는 것.

넓은 창으로 낙엽을 떨구어내는
나무들이 건너다보입니다
저들도 쉬고 싶은 생각이 들어 지금
바쁘게 집으로 돌아가는 중인가 봅니다.

거기 거기
철늦은 민들레, 강아지풀, 그리고
십 원짜리 동전 한 닢
반짝!

꽃송이 하나하나가 그 사람 슬픈 듯
기꺼운 듯 웃음이 되고 몸 내음 되어
나를 놓아주지 않는 것이었다.

사람들 마음속에 커다란 나무 한 그루씩 심겨
진 것은 그 뒤의 일이었다.

힘겹게 다시 열린 넓고 푸른 가을하늘,
높이 걸린 흰구름 보며 생각 는다.

미루나무 숲길에 키가 큰 바람 불면
키가 큰 그리움 따라와 서성거리고
나도 또한 그 길에 나가 서성였다네.

산기슭 외진 길에 가을바람을 손을 저어
떠나보내고 있는 코스모스 꽃 몇 송이처럼 말야.

눈부신 그 속살에
축복 있으라.

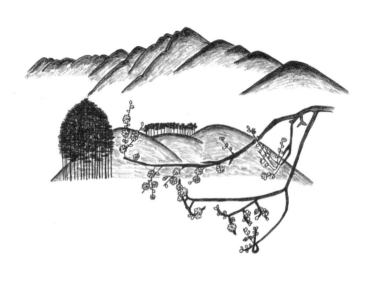

아무래도 먼 곳에서
소식 없던 사람이라도
찾아올 것만 같아.

서편 하늘에 걸려 나부끼는
핏빛 노을
누군가 남긴 마지막 시처럼
곱고도 붉다.

등 뒤에서 펄럭!
또 하나 나뭇잎이
떨어지고 있었다

오직 적막한 우주.

구름 높은 구름

좋다 내 마음도 높이 떴다.

따습게 우려낸 찻물로
비린 입술 적시고
고쳐서 바라보는 세상

오늘따라 너의 모습이
고와 보인다.

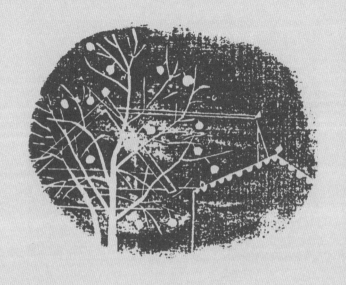

돌아가기엔 이미 너무 많이 와버렸고
버리기에는 차마 아까운 시간입니다.

가을이다, 부디 아프지 마라.

바람이 붑니다
낙엽이 굴러갑니다
어느 먼 별에서 누군가 또
나를 슬퍼하나 봅니다.

이제
지나온 그림자를 지우지 못해 안달하지도 말고
다가올 날의 해짧음을 아쉬워하지도 말자.

다만 산수유꽃 진 자리 산수유 열매들만
내리는 눈발 속에 더욱 예쁘고 붉습니다.

어쩔 수 없어 별이지요
나무로도 풀로도 산이나 강물같이
땅에 있는 것들 가지고서는 아무래도 안 되어서
하늘을 찾고 별을 찾지요.

어깨 위로 머리 위로
내려와 앉는 하늘의 편지

은행나무가 자기를 모르겠느냐
묻고 있었다.

아따 그놈의 김치찌개 맛, 오늘따라 씨원하다
11월 하늘처럼 깨운하다 말갛다.

올해도 매미가 울었다
매미 울음소리 속에
여름이 저물고
낙엽도 떨어졌다
그렇게 한 세상 잘 살았다
한 해가 저물어간다
고맙다.

또다시 저물어 가는 가을,
나도 다람쥐들처럼 구름지도 한 장
가슴속에 마련해두고 살고 싶다.

거짓말인 줄 알면서도
눈물 납니다

꽃이 진다고 세상이
달라질 것도 없는데.

내가 제일로 좋아하는 계절은
낙엽 져 나무 밑둥까지 드러나 보이는
늦가을부터 초겨울까지다
그 솔직함과 청결함과 겸허를
못 견디게 사랑하는 것이다.

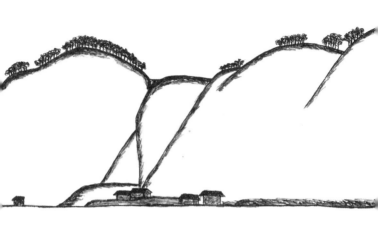

곡선은 편안하다
더 구부러져 보았자 여전히
곡선이기에 그렇다.

옆자리에 내 말을 곧잘 알아듣는 귀를 가진
한 사람이 있다면 그것으로 만족입니다
빙그레 웃음 지어줄 줄 아는 사람이라면
더더욱 좋을 일입니다.

그렇지, 지구에서 허락받은 자네의 한 날이 저
물 때까지
그냥 앉아 있어볼 것을 권한다.

일테면 나무나 강물을 명상한다고 할 때 나무
나 강물만 생각하다가 끝내
우리가 나무가 되고 강물이 되어버리는 것처
럼 말이다.

나 세상한테 괄시받고 쪼끔은 보랏빛으로 물
들었을 때
제 풀에 삐쳐서 쪼끔은 쓸쓸할 때.

아이들 떠드는 소리 아이들 후당탕거리며
지나가는 발자국 소리들도 조금 들어와
내 마음속에 잠시 머물러 놀다 가기를
바라는 마음에서다.

맨소주에 취해 얼굴 붉힌 노을빛
건너다 보아준다면 더더욱 눈물나것다.

당신의 인생도 그만큼 고즈넉해지고 향기로워졌음을
알게 되는 순간일 터이다.

날씨한테도 당할 때 있다
어제까지 화창한 가을 날씨였는데
오늘 아침 자고 일어나 보니
눈이 하얗게 내린 게 아닌가!

오직 빈 마음 빈 바구니 하나면 된다

아니다 바구니 가득

예쁘고도 순한 말씀들 모시고 가면 된다.

부디 뒤를 돌아볼 일이 아니다
이제까지 걸어온 길이 사라졌다 해도
울먹이거나 겁을 먹을 일도 아니다.

산 너머 먼 하늘 밑 낯선 마을이 열릴 것 같아
저 혼자 수줍은 바알간 봉숭아 빛 노을.

힘겨운 날들
당신 한 사람 마음속에
반딧불로 고마웠습니다.

사람들이 풀잎을 닮는다면 얼마나
좋을까 싶은 날이 내게 있었다.

한 번도 가보지 않은 곳
가보았으나 가보지 않은 것 같은 곳에
오늘 문득 가보고 싶다.

거리에 바람이 분다
나뭇잎들이 바람에 불려 흩어진다
낮은 트럼펫 소리도 들린다.

바람 속에 너의 숨결이 숨었고
구름 위에 너의 웃음이 들었다

너 부디 오래 거기 있어 다오
지구 한 모퉁이에서 잠시 쓴다.

이보오, 올겨울엔
저 녀석들 화롯불 삼아 가슴에
숨기고서 추운 겨울을
춥지 않게 견뎌봅시다 그려.

1년이 흘러가기는 하루 같은데
하루를 보내기는 또 1년과 같다.

밤을 새워 누군가 기다리셨군요
기다리다가 기다리다가 그만
새하얀 사람이 되고 말았군요.

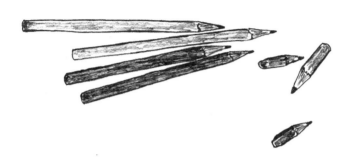

오늘 비록 못다 이룬 꿈이 있다 하더라도
그 꿈을 아쉬워하지 말기로 하자
오늘은 오늘로서 가득하고 내일은 내일로서
또한 눈부실 것이 아닌가 말이다.

시시하고 재미없는 세상
그대 만나는 것이 내게는
단 하나 남은 희망이었소.

네가 남긴 향기만으로도 나는
가득한 사람이란다.

자기의 눈으로는 결코
확인이 되지 않는 뒷모습
오로지 타인에게로만 열린
또 하나의 표정.

네가 한숨을 쉴 때
내가 네 곁에서 함께
한숨 쉬고 있다는 걸
부디 잊지 말아줘.

나에게 전해주었던 말
눈송이 하나하나에 적어
오늘은 그대에게 돌려보낸다.

오랜 날에 이루었던 빛바랜
약속만은 아직도 가슴에 남아 보석입니다.

조금 섭한 일 있던 사람에게도
그동안 별고 없으셨나요?
요즘은 어떻게 지내시는지요?
따뜻한 손 내밀어 마주 잡읍시다.

나의 신문은 이제 하늘과 산과 들판과 때로는 바다. 오늘 아침 내게 배달된 신문의 하늘은 쾌청이오. 솟아오르는 새들의 기사가 나와 있고, 몇 송이 구름의 기사가 기웃거리오. 또 하늘의 징검다리를 건너가는 바람의 푸른 옷자락이 어른거리오.

가더라도 마음만은 조금
남겨두고 가기예요
아니, 이쪽의 마음이라도 조금
데리고 가기예요.

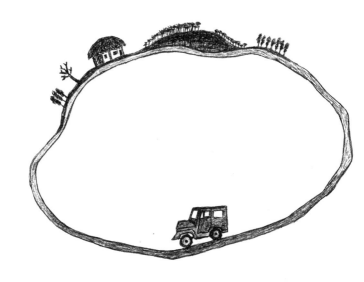

인생은 허무한 거야
자네도 잘 살다 오시게.

지나고 보니 모두가 그리운 일이었다.

눈 위에 쓴다
사랑한다 너를
그래서 나 쉽게
지구라는 아름다운 별
떠나지 못한다.

돌아갈 수 없기에 더욱 그리운 보랏빛.

오늘밤 모처럼
흐린 하늘 뚫고 어렵사리
자진하는 빛나는 별 하나를 본다.

왜 남의 결혼식에 눈물이 나는지 몰라.

유리창 밖 산들도 눈을 맞고 있다
나무들도 옷을 벗은 지 오래다.

그 시절 왜 우리는 그토록 치열해야만 했었나?
왜 앞만 바라보며 이토록 빨리 와야만 했었나?

나도 하늘 길 흐르다가 멀리 아주 멀리 반짝이는 별 하나 찾아낸다면 그것이 진정 너의 별인 줄 알겠다. 나의 생각과 그리움이 머물러 그 별이 더욱 밝은 빛으로 반짝일 때 너도 나를 알아보고 나를 향해 웃음 짓는 것이라 여기겠다.

이 그림에서
당신을 빼낸다면
그것이 내 최악의 인생입니다.

섬처럼 외로운
집이 있었다, 언덕 위에
뜨겁고도 붉은 마음 하나
오래 거기 몸부림쳤다.

밤을 새워 별들은
더욱 멀리 빛이 나는데.

하늘의 꽃처럼
땅 위의 별처럼

내게는 바로 너
가슴속의 시.

언제 또 우리가 이
생명의 별 푸른 행성
지구로 휴가 나와 이렇게
다시 만날 수 있겠냐 말야.

술 마실 때보다 빨리
그리고 더 많이 취한다.

몇 날 며칠 보고 싶어
목이 말랐던 마음
깜깜한 마음이
눈이 되어 내렸다.

별 말이 없어도
잘 살고 있다고 믿어다오.

오지 않을 것 같았던 한 날이 저문다
눈이 내린다
누군가 통곡을 내려놓듯
눈이 쌓인다.

이제, 또다시 삼백예순다섯 개의
새로운 해님과 달님을 공짜로 받을 차례입니다
그 위에 얼마나 더 많은 좋은 것들을 덤으로
받을지 모르는 일입니다.

나태주,
시간의
쉼표
소장판

초판 1쇄 발행 2021년 2월 8일
초판 8쇄 발행 2024년 2월 26일

지은이 나태주
발행인 심정섭
편집장 신수경
디자인 디자인 봄에
마케팅 김호현
제 작 정수호

발행처 (주)서울문화사
등록일 1988년 12월 16일 | 등록번호 제2-484호
주 소 서울시 용산구 한강대로 43길 5 (우)04376
구입문의 02-791-0708
팩시밀리 02-749-4079
이메일 book@seoulmedia.co.kr

ISBN 979-11-6438-959-9(02810)